武魂伝承

田中 光四郎

飛び交う弾丸《たま》の中を歩けるか

振りかかる白刃《やいば》の下に飛び込めるか
いざ死ねる時に死ねるか

此処を死に場所として
彼はアフガニスタンの戦場を選んだ

毎朝昇りくる太陽に手を合わせ

その覚悟を確かめたという

その時が只今　只今がその時

心は知らず　切られてとるべし

心即理
武魂伝承

Can you pass in the bullets raining down?
Can you step under the sword swinging down?
Can you die when you have to die?
As the place to die, he decided actual fighting field,
the battlefield in Afghanistan.
Every morning, he prayed to rising sun and prepared for death.
The very moment for decision is right now!
Right now is the very moment for decision.
Stab me to the flesh, but not to the spirit, think nothing but you must win.

For the mind belongs to nature

SAMURAI SPIRIT FOREVER
HIKORYU TAIJUTSU
Grand Master TANAKA KOSHIRO

あるがまま　なすがまま

アフガンのサムライ

田中光四郎短歌集

あるがまま　なすがまま

田中光四郎先生のこと

歴史作家　田中健之

田中光四郎先生とは如何なる人物かと言えば、真の武人の一語に尽きます。熱血漢で情の深い田中先生は、強さに優しさを秘めた方です。武骨でありながら繊細さがあります。人を愛し、酒を好くした先生は、涙もろい詩人であることは当然の理です。

志士は詩士とも言われています。幕末の勤皇の志士たちが、心に残る詩歌を詠んだ如く、田中先生は、アフガンの殺伐とした戦場の中に広がる雄大な大自然を、自らの体験を詠じる魂の詩歌を詠んでいます。その詩歌を通して、アフガンの戦場と大自然がリアルに私たちの心中に、その姿を現出します。そこには、田中先生ご自身の澄んだ眼、繊細な心で観たアフガンの真実があるからです。そのアフガンは尚、田中先生の平和への祈りも虚しく、タリバンが再度政権に就くなど未だ動乱の中にあります。アフガンで歩まれ、戦い、そして涙した田中先生の詩歌を纏めたのが本書です。

ところで田中光四郎先生は、私と同郷の福岡県出身です。福岡は古代より現代に至るまで大陸との玄関口として、アジアとの交流が盛んな土地柄です。大陸浪人が、福岡で創立された玄洋社に雲集したように、今日でも福岡の出身者の多くが日本を離れ、アジアのみならず、ロシアなどで活躍しています。福岡はまさに興亜揺籃の地です。

先生もその例に漏れず、ソ連の侵略に苦しむアフガンの人民を解放するイスラム聖戦士ムジャヒディンとともに、ソ連軍と戦うべく玄海灘を渡りました。昭和六〇（一九八五）年二月七日のことです。

アフガンでは、明日をも知れぬ日々の連続です。フリージャーナリストの南條直子氏、田中先生と同郷の医師、中村哲氏が武装勢力の凶弾に殉じたことは、とても語りつくせぬ、悲しい出来事であったと思います。

アフガンから帰国された田中先生は、後進の育成に力を注ぎます。

そして大病から奇跡的に甦られた田中先生は、昨年、傘寿を迎えられました。驚くことに、先生の魂は永遠の青年として燦然と輝き、我々を常に照らし、導き続けています。

武侠一代を貫く田中光四郎先生の短歌集が、ここに上梓されることは、私のこのうえない慶びであります。

目次

アフガニスタン 及び周辺国地図

―― 筆者が訪れた都市 ――

首都をカブールにおくアフガニスタンは、国境を６つの国家と接しあう内陸国である。パシュトゥーン人のほか、タジク人、ハザーラ人、ウズベク人、トルクメン人などの数多くの民族が住む多民族国家でもある。

国土の多くが山岳地帯で占められる厳しい環境ながらも、先史時代からさまざまな文化・文明が往来し、交差する中東アジアの要地として栄えてきた。

N
ウズベキスタン
UZBEKISTAN
トルクメニスタン
TURKMENISTAN
Kunduz
マザーリシャリーフ
Mazar-e Sharif
バグラーン
Baghlan
デフパリーアン
Def Parian
チャリカール
Charikar
バーミヤーン
Bamyan
カブール
Kabul
ヘラート
Herat
ワルダック
Wardak
ガルデーズ
Gardez
ガズニー
Ghazni
アフガニスタン
AFGHANISTAN
カンダハール
Kandahar
イラン
IRAN
クエッタ
Quetta
ザーヘダーン
Zahedan
カラチ
Karachi
アラビア海 Arabian Sea

1989年11月、長らく続いたソ連軍によるカブール市の制圧が終わった。
これらの写真はソ連軍撤退後の荒廃したカブールに入り、日本大使館に日本国旗を掲揚したときのものである。

慎重に地雷の有無を確認しながら、日本大使館の敷地に入った。朝顔に似た花が豊かに繁っていたのが印象的だった。

この日の丸の掲揚は私の人生の誇りのひとつである。

カブールの閉鎖中の日本大使館にて（1990年）

第一章

アフガニスタン

大地と人と

天《てん》を仰《あお》ぎ　地《ち》を踏《ふ》みしめて　観《み》る先《さき》は
横《よこ》一文字《ひともじ》に　天《てん》とも地《ち》とも

右に山脈を望み
左に地平線を見る

今此処《いまここ》に　我身《わがみ》思《おも》えば　父母《ふぼ》の恩《おん》
遠《とお》く見《み》つるに　山《やま》のまた山《やま》

親の思いを想う
山、谷を走り回る体力、
丈夫な身体を貰った
父、母に感謝

やはらかに　草木《くさき》繁《しげ》らす　ガンダーラ
郷《さと》の灯《あか》りや　大空《おおぞら》御佛《みほとけ》

現生《うつせみ》と　永劫《えいごう》の郷《さと》を　仰《あお》ぎ見《み》て
白《しろ》き佛《ほとけ》の　形《かたち》なす見《み》ゆ

ガンダーラ
パキスタン北部、アショカ大
王の拠点として栄えた
仏像の誕生地、ギリシャ彫刻、
ヒンズーの神像の合流地でも
ある

ガンダーラ
タキシーラ
寝そべって大の字になり
大空を見る

妻を想い

耐《た》へ忍《しの》ぶ 君《きみ》にしあれば 愛《いと》ほしく
枕《まくら》にさがす 通《かよ》ひ路《じ》や何処《いづく》

高山《たかやま》を 覆《おお》いし雪《ゆき》の 風《かぜ》染《し》みて
襟《えり》立《た》つ指《ゆび》に 君《きみ》や愛《いと》ほし

傷《きず》つきし 友《とも》を背負《せお》ひて 涙《なみだ》しつ
重《おも》き足音《あしおと》 ただひたすらに

ザクザクと 足音《あしあと》響《ひび》く 峡谷《せまだに》に
召《め》されし友《とも》を 馬《うま》の背《せ》に見《み》る

ダナゲイの戦い
地雷による負傷
死亡した友を交替しながら担ぎ帰る

アンチ・パーソナル・マイン（対人地雷）を踏み右膝下を失い友人モハマド・アジャンが死んだ。最後の一言は「オブ（水）」

水筒の水をハンカチにかけ絞って飲ませようとしたが、唇がかすかに動いただけだった。戦いの中、初めての死者を見る

傷《きず》つきし　友《とも》の名《な》呼《よ》べば　谺《こだま》して
石《いし》落《お》つ音《おと》の　渇《かわ》き軽《かろ》やか

ペシャワール　シルクロードの　要《かなめ》とて
青眼《あおめ》黒眼《くろめ》が　北《きた》へ南《みなみ》へ

モハマド・アジャン
19歳

ペシャワール
パキスタン北西部の部族自治州(N・W・F・P)の州都、旧アフガニスタン領
イギリスとの百年戦争で1893年に画定された現国境は、デュランラインといわれ、100年後の1993年にアフガニスタンへ返還されることになっていた
しかし、パキスタンがインドから独立したため、パキスタンの部族自治区となった

いざ戦《たたか》はん　ロシアの兵《へい》が　如何《いか》なりと
我《わ》が戦魂《いくさだま》　阿蘇《あそ》の御神火《ごじんか》

九州男児の心意気

高《たか》らかに　雪水《ゆきみず》疾《と》く疾《と》く　騒《さわ》ぎ落《お》つ
ヒンズークシュの　巌《いわ》の強《つよ》さよ

ヒンズークシュ
ヒンズークシュ山脈
ヒマラヤ山脈の西カラコルム
から西へ続く高山

月《つき》冴《さ》えて　カラシの人《ひと》の　笛《ふえ》の音《ね》や
　ヒンズークシュの　切《き》りたつ崖《がけ》や

死《し》に顔《かお》の　白《しろ》きに哭《な》けて　草枕《くさまくら》
　抱《だ》き起《お》こす身《み》の　未《ま》だ温《あたた》かきに

カラシ族
古代ギリシャよりアレクサンダー大王の東征で移動した少数民族の末裔
独特の宗教生活様式を持つ

ふと気がつくと隣りの岩陰で撃っていた友が死んでいた
「おい」と抱き起こした身体には温くみがあったが、目玉はガラス玉の様だった
彼は岩の脇で伏射（腹這い姿勢で撃つ）、私は立射（立った姿勢で撃つ）だった
私は運を天にまかせ常に立射をつらぬいていたが、不思議なことでもあるな

人《ひと》に問《と》ふ　我《わ》が捨《す》つ石《いし》の　行《ゆ》く末《すえ》は
空《そら》を叩《たた》きて　水《みず》を切《き》るらん

川の流れに石を投げる
飛び石遊び

水《みず》清《きよ》く　水面《みなも》の紋《あや》の　行《ゆ》く末《すえ》や
沈《しず》みつつ見《み》る　空《そら》の青《あお》さや

投げた石が水を切って止まり
沈む様を、石を己に置きかえ
て

引《ひ》き金《かね》や　千尺先《せんじゃくさき》の　敵《てき》の胸《むね》
空虚《うつろ》なるかな　絞《しぼ》りし後《あと》は

カラシニコフの狙いの先にい
る敵も我も人
何か空しさを憶える

爽風《さやかぜ》や　手《て》に掴《つか》みとる　白雪《しらゆき》の
やはらかき陽光《ひ》や　箱庭《はこにわ》をみる

白雪の溶ける手の平に自然の
やさしい姿を見る

ガンダーラ　夢《ゆめ》を求《もと》めて　薄陽《うすび》射《さ》す
山《やま》を築《つ》きてや　佛《ほとけ》つくりぬ
和《やわ》らかに　緑《みどり》敷《し》く山《やま》　風《かぜ》の音《おと》
太古《むかし》の人《ひと》の　夢《ゆめ》を語《かた》りぬ

やわらかな陽光、渇いた空気
やさしい居心地にゆったり
パキスタンのタキシーラにガ
ンダーラを訪ねて

２５００年前の人々を想う
アショカ大王の栄華

スルビのスパイからソ連軍の作戦情報が入ってきた。
200 台の戦車を迎え撃つための準備をおこなっているときの様子。

空手着の日本人がアフガン戦線にいることは、欧米を中心に様々なメディアで報じられた。私はムジャヒディンたちに戦いの合間、空手や武術を教えていた。（スイスで発刊されたドイツ語雑誌より）

フランスのニースマタン新聞

アメリカの雑誌

天地《あめつち》の　恵《めぐ》み給《たま》ひし　大和島《やまとしま》
誰《たれ》にか伝《つた》へむ　この美《よ》し風《かぜ》を

遠く4000キロ離れた日本
を想う
この柔らかな和やかさ

父母《ちちはは》の　与《あた》へ給《たま》ひし　五尺《ごしゃく》の身《み》
健《すこ》やかにこそ　誠《まこと》に仁《ひと》に

ただ独りわが道を行く
五体満足
心に叶う

松陰《まつかげ》に　山桜花《やまざくらはな》　匂《にお》ひつつ
人知《ひとし》らずして　風《かぜ》の吹《ふ》く待《ま》つ

大和魂　心静かに
小さな生き物、自然に溶ける
戦いを待つ間の一息

現世《うつせみ》を　寂滅《じゃくめつ》させて　食《く》ふ飯《めし》の
腹《はら》に溜《た》まりて　足下《あしもと》彼岸《ひがん》

覚悟自得

待《ま》つ君《きみ》の　花《はな》折《お》りかざす　黒髪《くろかみ》の
靡《なび》く陽炎《かげ》見《み》ゆ　この風《かぜ》や美《よ》し

―　妻へ

待《ま》てと言《い》ひ　霞《かすみ》に白《しろ》き　旅衣《たびころも》
陰膳《かげ》運《はこ》びませ　我《われ》とどけませ

―　夫へ

妻の思いを替えて思う

恋《こ》ふ君《きみ》の　側《そば》にし在《あ》れば　梓弓《あずさゆみ》
張《は》る心《こころ》なく　膝《ひざ》に夢《ゆめ》結《ゆ》ふ

妻を想いて

柔《やわ》らかき　朝日《あさひ》の露《つゆ》を　踏《ふ》み行《ゆ》けば
霞《かすみ》に上《のぼ》る　煙《けむり》確《たし》かに

まだ生きているぞ
朝餉の前の朝稽古

寄《よ》す波《なみ》の 白《しろ》きに立《た》つや うすけむり
明《あ》けに染《そ》まんと 急《いそ》ぎ舞《ま》ふ夢《ゆめ》

軽《かろ》や軽《かろ》 何時《いつ》にても可《よ》し 我《わ》が命《いのち》
銃口《つつさき》に咲《さ》く 山桜花《はな》の 紅《あか》きに

家事の始まり安らかに
平和に何事もなく

カラシニコフの銃口に野の花
を飾る

たらちねの　深山《みやま》四年《よつとせ》　人《ひと》想《おも》ふ
朝陽《あさひ》の温《ぬく》み　父母《ちちはは》の恩《おん》

戦い始めてから早4年
丈夫な身体、心を授けてくれ
た両親に感謝
朝陽の温《ぬく》みに生き返る朝稽古

散《ち》りてなほ　青葉《あおば》に香《かお》る　山桜《やまざくら》
郷《さと》の別《わか》れや　武士《もののふ》の道《みち》

楠公櫻井の別れ
楠木正成・正行父子
最後の戦いを想う

夢《ゆめ》をみし　熱《あつ》き想《おも》ひの　五十年《ごじゅうねん》
臥《ふ》す間《ま》も駆《か》くや　枕《まくら》滲《にじ》ませ

50歳になっても急ぐ人生

人《ひと》のため　戦《いくさ》止《と》めむと　君《きみ》がため
火《ひ》の中《なか》走《はし》る　神《かみ》の意《い》のまま

わが人生
今、此処に
日本男児

星空《ほしぞら》に　寝袋《ねぶくろ》むせぶ　ヒンズークシュ
醒《さ》めてあたたかき　明日《あす》の来《く》る待《ま》つ

朝のチャイの甘さと温《ぬ》くさ
腸《はらわた》に染み渡る

散《ち》る花《はな》の　愛《め》でたき故《ゆえ》に　在《あ》るがまま
如《い》何《か》で流《なが》るる　風《かぜ》を責《せ》むべき

何時にても良し
わが生命

寝《ね》もやらで　君《きみ》を待《ま》つ間《ま》の　溜息《ためいき》に
ガラス戸《ど》たたく　夏《なつ》の雨《あめ》降《ふ》る
アフガンタイム
行くよと伝言あり、二日後に
来訪した友を待ちながら
アフガンの　家族《かぞく》集《つど》いて　土《つち》の家《いえ》
ランプの灯《あか》りも　光《ひか》り輝《かが》やく
暖かい空気の農家の集い、
夕食
ランプの灯の暖かさよ

雲霧《くもきり》の　流《なが》るる上《うえ》に　杉《すぎ》の尖《さき》
露玉《つゆだま》ぬぐふ　眉白《まゆしろ》くして

アフガンの　深山《みやま》すすき穂《ほ》　分《わ》け入《い》りて
道《みち》を尋《たず》ぬる　星灯《ほしあか》りかな

アフガニスタンの高地にて思う「寒い」

間違っていないかわが人生
スススキ穂が真白く高く
揺れる、流れる、秋がくる

ワキザの山中で休憩中の一コマ。

共に戦ったイスラム聖戦士ムジャヒディンたちと共に。
山を削って平らな道場を造り、彼らに空手を教えていた。

アフガン紛争下での土葬の様子。何人の戦友をこのように葬ってきたことだろうか。今思い起こしても胸が熱くなる。

砦の 50 m先に落ちた１トン爆弾。ジグダラクにて。

焼《や》き弾《たま》の　はじける音《おと》も　軽《かろ》やかに
一人《ひとり》亡《な》くせし　今日《きょう》も亦《また》ああ

又、一人亡くなった戦い
カラシニコフの弾の火薬は音
が大きい

ジグダラク　秋立《あきた》つ風《かぜ》の　強《つよ》くして
木《こ》の葉《は》波《なみ》うつ　砂煙《すなけむり》巻《ま》く

春さきの台風のような強風、
砂あらしで辺りが真暗に
木陰、岩陰で小さく屈んで30
分

傷《きず》つきし　友《とも》を背負《せお》ひて　駆《か》け上《のぼ》る
タンギの谷《たに》に　青《あお》きカブール川《がわ》

闇《やみ》を切《き》る　銃火《ひばな》の光《さき》を　凝《じ》っと見《み》る
プシャーン上《あが》りて　敵《てき》も味方《みかた》も

タンギ
ジャララバードとカブールの間にある峡谷
カブール川を挟んでアジアハイウェイがある
南條直子　地雷死の地

プシャーン（照明弾）が上がった瞬間から、地に落ちるまでの約20秒間
沈黙して敵への撃ち込みを見据える緊張の時間

声高《こえたか》く　この子《こ》の末《すえ》の　安《やす》かれと
神《かみ》も佛《ほとけ》も　アラーも祈《いの》るか

ひたすらに　思《おも》ひ極《きわ》みて　息《いき》を呑《の》む
心安《こころやす》らかに　心安《こころやす》らかに

アラー
イスラム教の神様、天

天皇陛下ご容態悪化を聞き

大君《おおきみ》を　思《おも》ひて哀《かな》し　草枕《くさまくら》
東《ひがし》の方《かた》見《み》る　涙《なみだ》せし後《あと》

昭和天皇崩御の知らせあり

光四郎《こうしろう》と　仁《ひと》の道先《みちさき》　不二《ふじ》の山《やま》
身心《みこころ》叶《かの》ふ　世《よ》の為《ため》にこそ

五・一五事件
世のため、人のために起ち上がった古賀不二人先生の二代目として

生《い》きて在《あ》る　今日《きょう》を知《し》らずや　群《むら》すずめ
くちはしせはし　人《ひと》の世《よ》に以《に》て

カイバルの　峠《とうげ》を高《たか》く　響《ひび》かせる
飾《かざ》り自動車《トラック》　ゆるりゆるりと

鳥のさえずりに目を覚ます
ペシャワールにて

カイバル峠
パターン族の自然の要塞
古くはアレクサンダー大王が
3年を要してインドに入ろう
としても、落とすことができ
なかった難所
地元ではハイバルパス

石《いし》を積《つ》み　泥《どろ》をこねたる　壁《かべ》強《つよ》し
深雪《みゆき》に耐《た》えて　砂嵐《すなあらし》防《ふせ》ぐ

日干しレンガ造りの家
壁厚が60センチ、４メートル
×８メートルが標準

朝《あさ》まだき　コランの声《こえ》の　響《ひび》ききて
鳥《とり》の声《こえ》きく　うすねむりつつ

ペシャワールの朝

浮《う》き雲《くも》や　愛《いと》しき女《ひと》へ　遥《はる》かなる
思《おも》ひ伝《つた》へむ　今日《きょう》も生《い》きてし

俺はまだ生きてるぞ

遥《はる》けくも　思《おも》ひ伝《つた》へよ　切《せつ》なくも
ひとり語《かた》るや　月《つき》の手鏡《てかがみ》

月を鏡に日本を想う

つぶらなり　濡《ぬ》るる瞳《ひとみ》の　愛《いと》ほしく
手《て》の温《ぬく》もりを　抱《いだ》きさまよふ

アフガニスタンへ出発すると
きの妻の涙は重かった

月影《つきかげ》に　雲《くも》白《しろ》くして　切《せつ》なくも
思《おも》ひ伝《つた》えむ　明日《あす》も生《い》きてし

明日を思うこともなく、
今日も生き残った

やさしくも　野辺《のべ》に立《た》たずみ　スミレ草《くさ》
我《わ》が呼《よ》ぶ声《こえ》に　白《しろ》くそよぐ手《て》

野に遊ぶ女性の手に野花

狭谷《せまだに》に　麦《むぎ》の黄金田《こがねだ》　汗拭《あせぬぐ》ふ
手《て》に刈《か》り鎌《かま》の　白《しろ》く光《ひか》りて

農作業
一所懸命の汗が光る

突然《とつぜん》に　君《きみ》が死《し》を聞《き》く　何故《なにゆえ》に
安《やす》らぎ願《ねが》ふ　アフガンは未《ま》だ

隣村のコマンダー（チーム班
長）が亡くなった

谷深《たにふか》し　陽《ひ》に映《は》えて浮《う》く　白《しろ》モスク
何《なに》を言《い》ふべき　時《とき》は流《なが》れて

チトラル
インダス川

杏子（現地名：ザルダル）を手に、たくさん差し出してくれた。

当時はこのようにして、高い場所でも水路をムジャヒディンたち自らが造っていた。

若きムジャヒディンの仲間たち

友人宅を訪れると、隣近所から大勢がかけつけてくれた。
この写真もそんな日常を撮影したものである。

古《いにしえ》の　君《きみ》を偲《しの》ばむ　インダスに
五千年《いちとせ》経《ふ》りて　笛《ふえ》のかなしき

パキスタンのチトラルにて
カラシ族の若者

チトラルの　野《の》に咲《さ》く花《はな》は　白《しろ》くして
蝶《ちょう》の留《と》まりて　揺《ゆ》れる花《はな》びら

チトラルにて
強い陽光
熱い風

走《はし》り落《お》つ　水《みず》の多《おお》きに　驚《おどろ》きぬ
源《もと》に雲《くも》絞《しぼ》る　神《かみ》や居《お》わすらむ

丘の上にできた滝
あまりの水の多さに驚いた

あの星《ほし》を　君《きみ》が瞳《ひとみ》と　思《おも》ひけり
手《て》に名《な》を乗《の》せて　想《おも》ひ遥《はる》かに

星が大きい
掴み取りたくなるほどに

落穂《おちぼ》拾《ひろ》ふ　母《はは》にたはむる　子《こ》らの声《こえ》
健《すこ》やかならむや　吾《わ》が子《こ》愛《いと》しき

農作業の母子に想う

インダスの　水《みず》の流《なが》れに　滔々《とうとう》と
往《ゆ》きて還《かえ》らぬ　時《とき》をしぞ想《おも》ふ

インダス川
五千年の歴史

マスードの　哀《かな》しき声《こえ》の　谺《こだま》する
パンシェールの谷《たに》　逝《ゆ》く星《ほし》や輝《ひか》る
渦《うず》を巻《ま》き　冬《ふゆ》の支度《したく》か　枯葉《かれは》鳴《な》る
砂《すな》の嵐《あらし》に　背向《せむ》けまばたく

マスードがカメラ爆弾で殺された
アフガンのためにじつに惜しい男を失った
彼が選んだ30名を私が武術指導し、３チームのセキュリティを作った
※アフマド・シャー・マスード
パンシェールの獅子と呼ばれ、世界中に名を知られた人物

夏から短い秋へ
季節の変化、早い

久方《ひさかた》に　見上《みあ》ぐる月《つき》の　大《おお》きさよ
あまねく照《て》らせ　憂《う》き世《よ》の陰《かげ》も

見事な大きな満月

ふと見《み》れば　黄《き》に染《そ》まりつつ　山谷《やまだに》に
風《かぜ》の色《いろ》見《み》る　水《みず》の音《おと》きく

短い秋
7月にはススキ穂が真っ白に
なり、日々山の色が変化する
季節の変わり目の早さ
海抜1800メートル

やさしさよ　メヘラブといふ　サクランボ
くれし男《おとこ》の　思《おも》ひは流《なが》れ

まりを蹴《け》る　子《こ》らの高声《たかごえ》　木霊《こだま》して
ヒンズークシュに　風《かぜ》の音《おと》聞《き》く

7月9日、マスードのコマンダー（チーム班長）メヘラブが射殺される
ヘクマティアール派の山賊軍に襲われ、27名が殺された
私も一行の先頭車両にいたが、マスードに呼び戻されて難を逃れた

木の玉のまり
何の遊び道具もない子供たち、元気

ヒンズークシュ　谷《たに》の流《なが》れも　涛々《とうとう》と
ふと見上《みあ》ぐれば　尾根《おね》に白雪《しらゆき》

9月に入ると雪が降りだす

ヒンズークシュ　切《き》り立《た》つ岩《いわ》の　おもしろさ
松《まつ》の枝《えだ》さへ　拳《こぶし》握《にぎ》りて

アフガニスタンは強いぞ

吐《は》く息《いき》の　安《やす》らぎにみる　我《わ》が生《せい》の
置《お》き場《ば》も見《み》えず　流《なが》れ速《はや》きに

思《おも》ひ来《き》し　五年《いちとせ》を経《ふ》る　夏草《なつくさ》の
色《いろ》を染《そ》めてし　秋風《あきかぜ》の吹《ふ》く

時の流れの早さに気づく
戦いは続く
まだまだ

戦い始めて5年が経過
明日は思わず、今日は生きてる

インダスの　流《なが》れに浮《う》かぶ　岩《いわ》の瀬《せ》に
君《きみ》が声《こえ》聞《き》く　しぶき虹橋《にじはし》

岩をうつ強い光に応える川

カラチなる　緑《みどり》濃《こ》き園《その》　積乱雲《せきらんうん》
ヤシの葉《は》揺《ゆ》れる　風《かぜ》の熱《あつ》さに

カラチ経由
一時帰国のトランジット時

明日《あす》は臥《ふ》す　畳《たたみ》の香《にお》ひ　思《おも》ひけり
カラチの風《かぜ》に　揺《ゆ》れる秋《あき》見《み》る

ホテルの縄の椅子
畳に座れる幸せを思う
明日はいよいよ日本

五千年《いちとせ》を　古《ふ》りにし街《まち》ゆ　カラチなる
今《いま》寂《さみ》しくも　水《みず》絶《た》えずして

古くインダス文明を想う

アフガンの 荒野《あれの》に眠《ねむ》る 娘《こ》を思《おも》ふ
ススキ穂《ほ》抱《いだ》く 老《お》いし母《はは》かな

南條直子の母
南條和子

ジグダラクに やすみし乙女《おとめ》 親心《おやごころ》
遥《はる》か晴着《はれぎ》の 煙偲《けむりしの》びて

南條直子の火葬
母南條和子の思い・希望
「どんな姿になってもいいから晴着を着せてやりたい」という母親の言葉に感動し、「よし、俺が連れて行ってやる」と両親他9名の若者を同行してジグダラクへ苦労して入り、遺体を掘り起こし、晴着を被せて茶毘に付した

やすみしし　乙女《おとめ》を想《おも》ふ　親心《おやごころ》
君《きみ》来《き》たりなば　只《ただ》涙《なみだ》せむ

ふるさとは　遠《とお》きにありて　父母《ちちはは》の
耳《みみ》うつ声《こえ》に　言《い》はず涙《なみだ》す

ジグダラク
南條直子の母の想いを思う墓参り

わが父、母の思いを南條直子の両親に重ねて想う

アフガニスタンのムジャヒディンやアフガン紛争を取材対象として活躍するも、残念ながらソ連軍の地雷を踏んで亡くなった報道カメラマン南條直子の母・南條和子。

日本から遠く離れたこの地で、ようやく娘の墓に花を手向けることができた母の目には何が映っていたのだろうか。

アフガニスタン東部ジグダラクに眠る南條直子の墓。
ジグダラクは険しい山並みが続く山岳地帯にある。
彼女の墓はタリバーンに二度、異教徒の墓として取り壊された。度重なる破壊を防ぐために、三度目のこの墓はコンクリートで固めて堅牢に造った。

ジグダラクの砦。約 30 名のムジャヒディンが拠点としていた。

カブールの　激《はげ》しき流《なが》れ　巌砕《いわくだ》く
久《ひさ》しき後《のち》は　平《たいら》なるらむ

遥《はる》けくも　思《おも》ひとどけむ　待《ま》つ君《きみ》の
寝戸《ふしど》の際《きわ》に　照《て》らす月《つき》かも

アメリカのスティンガー（地対空ミサイル）が来てからソ連軍のミグ、スホーイの飛行が高くなった
この戦いも終わりが近い

ペシャワール
30ルピー（約２００円）の宿で

木漏《こも》れ陽《び》の　痛《いた》さに哭《な》くや　蝉《せみ》しぐれ
我《わ》が道《みち》を行《ゆ》く　時《とき》の間《ま》に間《ま》に

とにかく暑い
団扇の風も熱い

春《はる》を待《ま》つ　国《くに》の乱《みだ》れし　アフガンに
瑞穂《みずほ》の心《こころ》　運《はこ》び援《たす》けん

ソ連とアメリカの話し合いで
和議が進んでいるらしい

民《たみ》集《つど》ふ　アジアゲームの　おもしろさ
　アフガンが行《ゆ》く　我《われ》も援《たす》けん

1994年、広島で行われた
アジア大会に30名の選手役員
を個人で招待
選手たちを戦いの場から平和
のシンボル広島へ

七曲《ななまが》り　カイバル峠《とうげ》　越《こ》え来《く》れば
　風《かぜ》の音《おと》染《し》む　荒野《あれの》ススキ穂《ほ》

ジャララバードにて

雲《くも》の上《うえ》に　雷《いかずち》さわぐ　山嵐《やまあらし》
宿《やど》る辺《へ》もなし　雫《しずく》も重《おも》し
合羽張りのサーダル（マント
や布団にもなる薄手の毛布）
が濡れ、毛布代わりにも使え
なくなった
ワキザの友人宅にて
スルビなる　青《あお》き流《なが》れに　風寄《かぜよ》りて
戦《いくさ》に散《ち》りし　彼《か》の日《ひ》彼《か》の人《ひと》
スルビの拠点（ポスタ）に滞
在7日

陽《ひ》に焼《や》けし　児等《こら》のひとみや　はにかみて
友《とも》の手《て》をとる　カブールの市《いち》

多くの人、とにかく賑やか
ほっ建て小屋の店舗ズラリ

強《つよ》き陽《ひ》の　風《かぜ》に酔《よ》ひ痴《し》れ　舞《ま》ふ櫻花《さくら》
アフガンの地《ち》に　思《おも》ひふたたび

東京オリンピック・パラリン
ピック２０２０決定

ラマダンや　堪《た》ゆる思《おも》ひの　夕餉道《ゆうげみち》
市場《いちば》に通《かよ》う　この風《かぜ》や美《よ》し

メヘラブといふ　りんご一《ひと》つを　くれし友《とも》
思《おも》ひの旅《たび》や　三十五年《さんじゅうごねん》

一か月の断食
暑い夏の飲食を戒める
生活のなかにイスラムがある

多くの戦友ムジャヒディンが
亡くなった
メヘラブはタクハールのマ
スードのコマンダーだった人
物

ポロポロ飯《めし》　塩《しお》ふり茶漬《ちゃづ》け　掻《か》き込《こ》んで
天下《てんか》の事《こと》は　腹《はら》のムシかな

急《いそ》ぎ来《き》し　戦《たたか》いの地《ち》や　アフガンに
哲《てつ》やなつかし　三十六年《さんじゅうろくねん》

2019年12月4日
中村哲氏死去
1985年から戦闘開始、約
一年間治療の手伝いもした

中村哲氏の死

２０１９年12月４日、アフガニスタンの東部ジャララバードで、日本人医師の中村哲氏が何者かの襲撃により撃たれて死亡しました。ＩＳ、タリバン、部族争い、水の利権争い等々、諸説ありますが、何れにも可能性はあり得ます。

中村哲氏とは１９８５年２月からの付き合いです。彼がパキスタン部族自治州（ＮＷＦＰ）のペシャワールのミッションホスピタルへ勤めながらアフガンの難民部落へ行き始めた頃のことでした。

私は武術家であります。当時44歳で武道的に最終段階である「死」について己の覚悟のほどを思っていた頃で、アフガンの難民に二度目に会ったときに「ここなら死ねる」と自悟納得し、身辺整理をしてペシャワールへ一人旅発ちました。そしてムジャヒディンの事務所を訪れ、旧ソ連軍と銃をとって戦い始めたのが１９８５年２月のことで、ジグダラクの山の中で鼻血が止まらずペシャワールに戻り、中村哲氏の診療を受けたのが出会いでした。

それからは「哲っつぁん、哲」と彼を呼び、同じ九州福岡県の出身というよしみで、私の方が7歳年長ということもあり、親しく九州流の愛称呼びをしてきました。アフガニスタンの戦地で痩せ細り、ペシャワールへ戻って栄養補給のため一ヶ月休養したときには、彼の病院で接骨の手伝いをしたこともありましたが、日本で「ペシャワール会」を設立したことは知りませんでした。

1985年当時、ペシャワールにいた日本人はバックパッカーの旅人を除けば、私と中村哲の二人だけでした。国会議員の先生方に呼ばれ何度か状況説明をしたこともありましたが、私がアフガニスタンに入ると、山の中で連絡が取れないし、いつ死ぬかもしれないので、ペシャワールに常駐している中村哲の名をあげ、是非、事情を聞いて欲しいと推薦したこともありました。


彼は日本の国会に呼ばれたり、セミナーを開いてアフガニスタンの現状を日本国民に知らせてくれたことは大変有難いことだし、また彼が30年余も行い続けた医療活動や人道支援など、本当によくぞあそこまで頑張ってやってくれたと思います。彼のはたらきによってアフガンと日本がつながったし、その功績は確かに両国友好の礎となるでしょう。アフガニスタンで国葬され、大統領自らが追悼式典で彼の棺をかついだ。大した男だと思います。

しかし、彼の前に戦う人間たちがいたことを忘れないでほしい。またアフガニスタン戦争の始まった初期の頃、百数十万人の国民が虐殺されたこと、ムジャヒディンとして国を取り返すために戦って生命を失くした三十万人と言われる人々がいたこと、そして彼らとともに戦った一人の日本人がいたことを知ってほしい。

残念なことに、たまたま乗り合わせた飛行機で彼がビジネスクラスを使っているのを見かけました。「お前も偉くなったもんだな」と怒鳴って叱りつけて以来、二度と彼と会わなくなりました。30

年ほど前のことです。

彼やペシャワール会の人たちには、1988年にタンギの谷で地雷を踏み死亡し、たったひとり彼地に埋められている報道カメラマン、南條直子さんの墓に一度でも線香をあげてほしかったと思います。ジャララバードも私たちムジャヒディンが戦って取り返した土地であり、多くの生命が失われました。その払われた大きな犠牲を忘れてはならないと思うのです。

平和なときに平和な事業を行うことは難しいことではない。大きな犠牲の上に平和が成り立っていることを忘れないでほしいのです。

2020年2月末、東京オリンピック・パラリンピックにアフガニスタンからも選手を参加させたいと思い、N・O・C（アフガニスタンオリンピック委員会）の前委員長アンワール氏、現委員長バワール氏を日本に招待しました。関係者のご好意で大変友好的滞在となりましたが、彼らが中村哲氏の家族に会いたいと言うので連絡をしたときの、ペシャワール会職員の取り付く島もない断りの対応には寂しい思いがしました。

中村哲が苦労していた頃にもっとも面倒を見たのが当のアンワール氏であり、その説明をしても話が交わることはなく、残念で仕方がありませんでした。ペシャワール会の人たちには、数多く存在した国税食いのボランティア屋さんにはなって欲しくはないのです。

やすらぎ　〜アフガンに死す〜

一、

遥《はる》かなる大地
遥《はる》かなる夢

白く光る道

陽炎《かげろう》の舞う
向うに見えるか砂嵐

古《むかし》の人の願いをこめて
夢を運ぶか

紅い夕陽に

二、
勇《いさ》み丈夫《ますらお》
我が振る太刀は
自由を願いて
愛する子等《こら》の
平和《やすらぎ》を信じ健やかに
茜《あかね》の雲が流れる果てに

見る夢を信じ
ただひたすらに

三、夢を信じて
愛を信じて

おおらかに清く

待つ君恋《いと》し
義を為《な》す人の運命《さだめ》なれ

思い伝えよ夢みし後は
人知らずして
風の吹く待つ

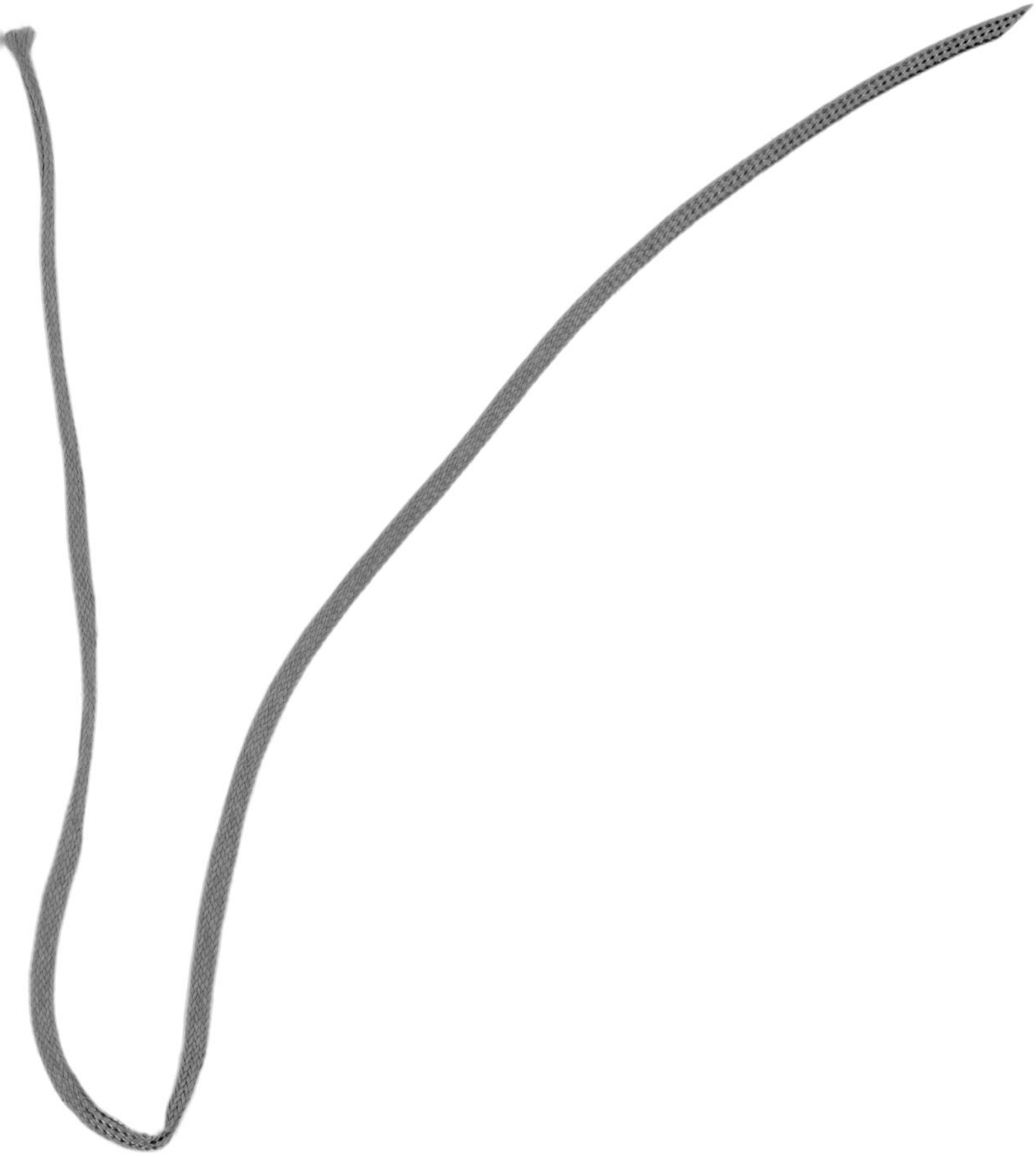

「第一回国際親善松本明重会長盃争奪弁論大会　於京都」
社会人の部　優勝　文部大臣賞　（一九八七年）

【アフガンゲリラと自由への戦い】

安政六年、己未の年十月二十七日、今から百三十年程前、

〃人の将に死せんとする　その言や善し
身はたとえ　武蔵の野辺に　朽ちぬとも
留め置かまし大和魂〃

留魂録を書き遺し、刑場の露と消えました明治維新の魁、吉田松陰先生を敬愛する者の一人であります。人の生命は何にも増して尊いものですが、医学の発達した現代に於きましても百歳を数える者は稀であります。然して松陰先生の僅か三十年の生涯が、世に与えた影響の大なるを考えます時、此の真誠の情こそが、大和魂であり、赤心の激烈なる行動こそが、歴史を作り変え得たのではないでしょうか。

私も遠く及ばぬ迄も、斯く在り度い、斯く生き度いと考え、真に親不孝な事ではありますが、アフガニスタンの戦場に身を投じ、銃を執って共産主義侵略者ソヴィエト軍と戦っております。已に死生を超えて三年の月日が経ちました。途中、病に倒れたり、負傷したり、その都度、日本へ帰って治療をしております。私にはこの自由で、平和な日本へ帰ることができます。医者も居ます。然しアフガニスタンには医者が居りません。私は、注射をする時腕を縛る丸いゴムバンドを3本、常時ポケットに持って居ります。地雷で足を吹き飛ばされても、自分で血止めをし、パキスタン国境迄の三日間、生きていなければなりません。生き残る可能性は一割もありませんが、手や足の無い人を多く見かけます。人間の生命力の偉大な現実を見る思いがします。又、日本に帰って来れば、好きな物を、選んで、好きなだけ食べる事ができます。こんな幸せなことはありません。

アフガンの難民は、自分の国へ帰るという事は銃を持って戦いに行くということであります。相手はソヴィエト軍です。しかし現実には、ソ連兵は空を飛び、戦車や装甲車に守られ、地上の砦の攻防で殺し合いをするのは弱い立場にある貧しいアフガン同士であります。

アフガニスタンという国名はアフガンの土地という意味で、空は言い様のない程真青、雲は真白であります。そして私達日本人が既に失くしてしまったハニカミのある、実に素朴な人間性を持ち、朝日と共に起き、羊を追い、畑を耕やし、土造りの家でランプの下に家族が集い、自然の中に生活をして居ます。或る時、対戦車地雷を埋めに出ました時、道端の草の上で、生まれたばかりの子を胸に抱いている若い遊牧民の女の人が居ました。その側で母親が出産の祝い歌を静かに唱っています。私は感動しました。当に自然そのものであります。

アフガニスタンはアフガンの土地であり、断じてソヴィエト社会主義共和国連邦のアフガニスタン州ではないのであります。現在世界には百六十六の国があり、民族、宗教、経済と紛争の原因は多々存在しますが、飽きる事なく確実に領土を増やし続けているのは只一国、ソヴィエトのみであります。然もハンガリー、チャコスロヴァキア、ポーランド侵略にはソ連軍主体のワルシャワ条約機構軍を使いましたが、ソヴィエト軍が直接侵略を為したのはアフガニスタンが初めてであります。

一九七九年以来この十二月二十七日で丸八年を経過しようとして居ます。この間アフガンの死者は百三十万、パキスタンの難民事務所に登録されている者三百二十万、未登録で山の中でテント暮しをする者八十万、イランに二百万の難民、アフガン千七百万国民の実に半分近くが死んだり難民となって居ります。又更に国内に残っている人々も都市に集中し、十年前五十万余であった首都カブールでは現在二百万人を超え、新しいロシア兵の宿舎とは対照的にスラム化しているのであります。国民の殆どが難民状態であることを物語っております。

しかしインダス河の自然の恵みは、難民の飢餓を救い、ヒンズークシュの高い山、深い谷は天然の要塞となって、強大なソヴィエト軍を相手に戦い得る大きな要素となって居ります。今年も多くの友人が死にました。ギッダビジャンは私が来たというのでわざわざ訪ねて来てくれ、次の日の朝、偵察に出かけて地雷を踏み、顔の形が無くなる程の爆発で死にました。私にＲＰＧ－７という対戦車ロケット砲を持たせてくれたコマンダー・パルーカも地雷で両足の膝下を失い死にました。

自分達の国を取り返す為に、自由と平和を取り返す為に、ソヴィエトと戦って死にました。何と悲しい事でありましょうか。彼の父親は、戦いの中に死んだことを誇りに思うと言いましたが、この心の悲しみは誰も癒してやることはできません。悔しいことであります。

自由と平和は実に高価なものであります。嘗て、人の生命は地球よりも重いと言われたことがありますが、この何百万人もの犠牲者を出さなければ得られない自由と平和は、何と高価なものでありましょうか。

私共日本人は、父の時代、僅か四十二年前に初の原子爆弾被爆国となりました。何にも替え難い悲惨な体験を、そして現在のこの有難い自由と平和の意義を、世界に訴え得る唯一の民族なのであります。

人と人が殺し合う、こんな不幸があってはならないのです。人が人として相信じ、携え合って生きて行ける、そんな世の中を造ろうではありませんか。

今アフガニスタン、アンゴラ、モザンビーク、ニカラグア、様々の紛争があります。身に振りかかる火の粉は払わねばなりません。又、皆で協力して火元を鎮めなければなりません。

現在たった一人ではありますが、銃を持ち、遠い七千キロ西の彼方で、自由と平和を守る正義の戦いをしている日本人が居る事を憶えておいて下さい。私はアフガニスタンに何日の日か平和が訪れ、自由に語らうアフガンの姿を見ることを信じております。

終りに、あのヒンズークシュの高い山や、深い谷を、ゲリラ・ムジャヒディンの若者達に遅れる事なく走り回れる丈夫な身体を与えてくれました父、母に感謝します。

又、今日、この演壇に立つ機会を下さいました松本会長始め、大会役員の方々に感謝致します。

御清聴、有難うございました。

了

※発表当時の原文のままで掲載

第二章

在るがまま　為すがまま

散《ち》りてなほ　見果《みは》てぬ夢《ゆめ》は　桜見《さくらみ》の
朋《とも》に伝《つた》へよ　風《かぜ》の間《ま》に間《ま》に

久方振りの中野通りの桜並木
待ち合わせの友人がまだ来ない

吹《ふ》く風《かぜ》の　激《はげ》しき思《おも》ひ　我《わ》が屋戸《やど》を
まい呼《よ》ぶ声《こえ》を　寝《ね》もやらず聞《き》く

日本でも風の激しさを聞く

ひとめぐり　故郷《ふるさと》に立《た》ち　川筋《かわすじ》の
すすき穂《ほ》高《たか》く　風《かぜ》の吹《ふ》く待《ま》つ

福岡県田川市
遠賀川
わが故郷

真仁《まことひと》　道《みち》ひとすじに　かげらふや
咲《さ》き乍《なが》ら散《ち》る　山桜花《やまざくら》かな

武士としての最後
かく終わりたい

山風《やまかぜ》や　入間《いるま》の川《かわ》の　石《いわ》ごころ
せせらぎあひて　蝉《せみ》の声《こえ》聞《き》く

久し振りの弟子たちとの
「一杯語り」

岩《いわ》けづる　ときの流《なが》れに　逆《さか》たちて
青梅《おうめ》の里《さと》や　水《みず》のうまさに

多摩川上流の沢井渓谷
「沢の井」

疾《と》く疾《と》くと　青梅《おうめ》の里《さと》や　白濁《はくだく》す
水《みず》の流《なが》れに　旨《うま》き沢《さわ》の井《い》

酒「沢の井」
湯豆腐で一杯
多摩川急流

今一度《いまいちど》　身心《みこころ》鍛《きた》へ　人世《ひと》の為《ため》
朝露《あさじ》踏《ふ》みしむ　代々木《よよぎ》の杜人《もりびと》

朝鍛錬欠かさず

散《ち》りいそぐ　如何《いか》にせむかな　この思《おも》ひ
憂《う》き世《よ》に武士《ひと》の　なきぞ哀《かな》しき

最近の日本人の情けない行動
を多く見るにつけ

踏《ふ》みこみて　道《みち》をたづぬる　老《お》ひのかぜ
命《いのち》惜《お》しかる　山桜花《やまざくらばな》

やはり己が己であることを実
行するのみ

切《き》りむすぶ　影《かげ》に問《と》ひかけ　踏《ふ》み込《こ》みて
閃《ひらめ》く先《さき》の　闇《やみ》をこそ見《み》よ

日子流小太刀
不退転心

枯葉《かれは》敷《し》く　代々木《よよぎ》の杜《もり》や　深《ふか》くして
霜柱《しもばしら》たつ　大地《たいち》担《かつ》ぎて

霜柱すら大地担ぐぞ

霜《しも》降《ふ》りて　代々木《よよぎ》の杜《もり》に　吐《は》く息《いき》の
温《ぬく》みに酔《よ》ふや　銀杏《いちょう》敷《し》く朝《あさ》

代々木の杜
早朝鍛錬

悲《かな》しみに　大地《だいち》に坐《ざ》して　酔《よ》ひつ言《い》う
三千人《みちと》や　仁《ひと》の　思《おも》ひ何処《いずこ》に

古賀三千人死去
古賀不二人先生長男
弟のように大事にしていた

春《はる》の風《かぜ》 征《ゆ》き来《く》る人《ひと》の 微笑《ほほえ》みて
無《む》我《が》に居《い》つくや 山桜花《やまざくらばな》

何も思わず
何も思わず

只《ただ》坐《ざ》して 我《わ》が振《ふ》る太刀《たち》の 時《とき》を待《ま》つ
後世《こうせい》何処《いずく》 思《おも》ひや何処《いずく》

後生育たず
唯我独尊

アフマド・シャー・マスード
タクハールという土地の彼の自室にて

ブルハーヌッディーン・ラッバーニー元大統領（白ターバンの人物）
敬礼しているのはミリーシャ将軍ドストム
マザーリシャリフにて

筆者も全国周行を共にした。

ハーミド・カルザイ元大統領
カブールの大統領官邸にて

上の写真からわかるように、筆者は歴代のアフガニスタンの指導者たちとも親交を深めてきた。

小麦粉20キロを渡す。このときは総数200トンを準備して、山中から逃れきれない難民たちに配る活動を行った。

紛争が落ち着いてからも、筆者は精力的にアフガニスタンに赴き、ボランティア活動を継続している。

見《み》上《あ》ぐれば　急《いそ》ぎ降《ふ》り積《つ》む　山雪《やまゆき》に
事《こと》問《と》ひてみる　涙《なみだ》せし後《あと》

アフガニスタンの難民は今
頃？

藤《ふじ》の原《はら》　清《きよ》しき水《みず》の　基《もと》いづみ
秀《ひ》いでし大地《だいち》に　栄華《えいが》夢《ゆめ》みる

奥州・平泉訪問
藤原三代　清衡・基衡・秀衡

藤《ふじ》の原《はら》 緑風《みどりかぜ》なす いつくしの
川《かわ》の疾《と》き瀬《せ》に かわせみの射《さ》す

奥州
平泉

炎《ひ》を背負《せお》ひ 剣《つるぎ》を持《も》ちて 立《た》つ佛《ほとけ》（真我《しんが》）
不動《ふどう》見据《みす》ゆる 武魂伝承《ぶこんでんしょう》

不動明王
火を背負いて思うこと

藤《ふじ》の原《はら》 いつくしの川《かわ》 奥《おく》の道《みち》
疾《と》く去《さ》りゆきぬ 三代《みよ》の清《さや》けき

奥州
平泉

紅《あか》く染《し》む 雲居《くもい》の果《は》ての アフガンに
今一度《いまいちど》見《み》む 夢《ゆめ》の通《かよ》ひ路《じ》

夕陽の中に西の方
4000キロ
アフガニスタンを思う

防人《さきもり》の　時《とき》の流《なが》れや　尖閣《せんかく》に
ただ独《ひと》り立《た》つ　大和魂《やまとだま》かな

尖閣諸島
魚釣島移住を決意

人《ひと》の為《ため》　儚《はかな》き命《いのち》　おもしろく
終《つい》の棲《す》み処《か》ぞ　防人《さきもり》の島《しま》は

尖閣諸島
魚釣島に移住せんとするも
食道がんを患い、手術で断念

日子《ひこ》の山《やま》 古《ふる》きを温《たず》ぬ 霜《しも》降《ふ》りて
石《いし》の重《かさ》ねに 静《しず》けさを見《み》る

福岡県英彦山（旧名・彦山）
天忍穂耳命《あめのおしほみみのみこと》、天照大神の五男
降臨
日子流の語源

朝毎《あさごと》に 新《あらた》を温《たず》ね 古希《こき》に見《み》る
一剣《いっけん》の閃《ひらめ》き 闇《やみ》を切《き》り裂《さ》く

70歳にして思い先走る

70歳
不退転心

万行《まんぎょう》を 思無邪《しむじゃ》に越《こ》ゆる 古希《こき》の人《ひと》
一剣《いっけん》抱《いだ》きて 顧《かえ》り見《み》は為《せ》じ

武士《もののふ》は 斯《か》く死《し》ぬべしと ただ独《ひと》り
思《おも》ひ抱《いだ》きて 荊軻《けいか》征《ゆ》く

荊軻《けいか》征《ゆ》く 風《かぜ》を待《ま》つ間《ま》の 蕭々《しょうしょう》と
思《おも》ひを切《き》りて 独《ひと》り起《た》つ影《かげ》

逝《ゆ》く道《みち》や 荊軻《けいか》宗治《むねはる》 友連《ともず》れに
やはり野《の》に置《お》け 蓮華草《れんげそう》かな

筆者の生き様に影響を与えた二人の人物

【荊軻】

史実を纏めた中国の古書「史記」刺客列伝巻26に登場する人物。春秋戦国時代末期の紀元前227年、今まさに中国を統一し始皇帝とならんとする奏の大王を暗殺するため、荊軻はただ一人起ち上がった。巨大な力を持つ相手であれ、男一人で立ち向かう心意気をもつ武士。

風蕭々兮易水寒　荘士一去兮不復還　風蕭々《しょうしょう》として易水《えきすい》寒《つめた》し　荘士《そうし》一度《ひとたび》去《さ》って復《ま》た還《かえ》らず

あと一歩で成就されなかったが、これは始皇帝暗殺に旅だつとき、彼が詠んだ歌である。

【清水宗治】

織田信長が羽柴秀吉を大将、黒田官兵衛を軍師とし、中国の毛利氏を2万5000の軍で攻めた。

毛利方備中高松城（城主清水宗治）は要害の城。寄せ手は攻め倦ねたが、水攻めで孤立させた。折しも明智光秀による本能寺事件があり、5000人の将兵の命を助けるため、清水宗治は自ら腹を切って和議とした。秀吉の中国大返し、天下取りの大転換となった人物。

私の人生における「男として、武士たらん生き様」の原点はこの二人の武士に由来する。

釜滝にて

筆者30歳のころから、年明け早々に滝行を行ってきた。早朝の伊豆の弓ヶ浜で禊をおこない、河津七滝に向かう。
寒稽古は厳しくもあるが、般若心経を唱えながら無念無想に至ることができる。

みな出《いで》て 拳《こぞ》りて集《つど》ふ 東方《あずまへ》に
灯《ひ》の元《もと》つつむ 篝火《かがりび》や何処《いずく》

吹《ふ》き荒《あ》るる 時《とき》の流《なが》れを 曳《ひ》き戻《もど》し
太刀先《たちさき》白《しろ》き 一閃《いっせん》の間《ま》よ

午前3時、暗闇の中
千本切り稽古

久方《ひさかた》の　友《とも》の便《たよ》りに　労《いたわ》りて
寂《さみ》し嬉《うれ》しの　年《とし》の明《あ》けかな

古い友人を亡くして寂し
年賀状に元気な友人あり

朝露《あさつゆ》を　踏《ふ》む足裏《あしうら》の　楽《たの》しさよ
今日《きょう》を限《かぎ》りの　生命《いのち》なりとも

朝練
代々木の杜

鎖橋《くさりばし》　悠々《ゆうゆう》たるや　ドナウ川《がわ》
明《あ》けゆく空《そら》に　水鳥《みずどり》の鳴《な》く

ブダペスト　思《おも》ひ遥《はる》かに　シルクロードの
君《きみ》に出会《であ》いし　朝顔《あさがお》の花《はな》

ハンガリー
ブダペストにて早朝ランニング

ドナウの宝
朝練に見る花屋さん

切《き》りかかる　身《み》に寄《よ》り添《そ》ひて
放心《ほうしん》の　空《くう》の一太刀《ひとたち》　自由自在《じゆうじざい》

赤瓦《あかがわら》　敷《し》きつむ波《なみ》や　屋根野原《やねのはら》
埋《う》もれし人《ひと》の　息吹《いぶき》の熱《あつ》さよ

放心
不退転心
自由自在

チェコスロバキアの特別警察
部隊の指導後、
プラハ王宮より下町を見る

片瀬波《かたせなみ》　急《いそ》ぎ流《なが》れて　積《つ》む年《とし》の
淀《よど》みに問《と》ひて　また流《なが》るらし

放《はな》たれし　心《こころ》の儘《まま》に　旅《たび》を行《ゆ》く
求《もと》めし道《みち》の　遥《はる》か遠《とお》けく

ドナウ川
河岸の淀みと流れ

旅と居所
心の置き処
自由自在

道《みち》を行《ゆ》く　心《こころ》放《はな》して　在《あ》るが儘《まま》
為《な》すがまま見《み》る　風《かぜ》の行《ゆ》く末《すえ》

自由な人生
有難い

在《あ》るがまま　成《な》るがまま見《み》る　行《ゆ》く末《すえ》の
思《おも》ひはじけむ　為《な》すがままかな

高校生のときの詩

朝《あさ》ぼらけ　思《おも》ひ一閃《いっせん》　握《にぎ》りしむ
横《よこ》一文字《ひともじ》に　白刃《しらは》切《き》り裂《さ》く

日子流小太刀
抜き

夢《ゆめ》に生《い》く　その時《とき》を知《し》り　思《おも》ひきる
今日《けふ》を限《かぎ》りの　生命《いのち》なりせば

今日を限り

年《とし》を経《へ》て　うつろふかげは　つれなきに
むかしながらの　老《おひ》のたぢから

平山行蔵先生
勝手に弟子になっている
１８１歳の年の差

平山行蔵先生

１７５９年（宝暦９年）生まれ。私より１８１歳年長。「文化、文政の三蔵」と称された偉人。とくに「剣説」「剣徴」は有名。

「５尺の体を敵の餌にして仕掛ける云々……」。３尺８寸の長刀を用い、尺５寸（45センチ）の小太刀をも用いる。希代の武術家。時の老中松平定信が毎月４升樽の酒を届けたと云われる傑物。勝海舟の父親勝小吉も弟子の一人。戦国時代さながらの生活をし、文武の達人で常在戦場を実践した。

朝四時から稽古、大酒飲み、幕府に意見書を出し、小太刀を使う。とても叶わない。私がたった一つ勝っているのは早朝２時半起床、３時から稽古の一点のみ。勝手に弟子入りをし、先生の墓掃除を年に４回行い続けている。

長い刀に対する短刀捕りもしくは白刃捕りの構え。

小太刀で蝋燭の火を斬る。無心に至ると、刃の上を斬った蝋燭の炎がそのままツーっと伝ってきたこともある。

年《とし》を経《へ》て うつろふかげは つれなきに
ただひたすらに たたき鍛《きた》へむ

老いの認識
今一度
常在戦場

武蔵《むさし》野《の》の 芝生《しばふ》隠《かく》れの すみれ草《そう》
流《なが》るる風《かぜ》の 疾《と》きや重《おも》きや

平山行蔵先生を習い

踏《ふ》み込《こ》んで 一足《いっそく》ごとに 思《おも》ひ切《き》り
言《こと》問《と》ひてみる 心《こころ》留《とど》むな

一足一見
金春流

一睡《ひとねむり》 浅《あさ》き夢《ゆめ》みし 酔《よ》ひもせず
喜《よろこ》び寿《ことは》ぐ 年《とし》の明《あ》けかな

喜寿

手《て》の皺《しわ》に　父母《ちちはは》の恩《おん》　顧《かへり》みつ
備《そな》へ鍛《きた》へむ　明日《あす》をしぞ思《おも》ふ

建国記念日を想い
最後の戦いの場は、時は

心《こころ》一《ひと》つ　思《おも》ひ一《ひと》つに　経《ふ》る月《つき》の
急《いそ》ぎ流《なが》るる　浮《う》き雲《ぐも》を見《み》る

月冴える夜

風《かぜ》温《ぬる》み　蕾《つぼみ》ふくらむ　夢《ゆめ》追《お》ひて
散《ち》る時《とき》を知《し》る　桜花《さくらばな》かな

花つぼみに微笑みあり

念《ねん》入《い》りて　人《ひと》たるを知《し》る　憂《うれ》う世《よ》に
我《われ》は我《われ》なり　夢《ゆめ》を追《お》ひしに

反省
克己
不退転心

切先《きっさき》に　光《ひかり》落《お》として　切《き》る月《つき》の
心《こころ》旅《たび》して　風《かぜ》の音《おと》みる

夜の振り込み太刀

追《お》ひ追《お》ひて　なほ突《つ》き進《すす》む　小《こ》太《だ》刀《ち》道《どう》
踏《ふ》みし蓮華《れんげ》の　香《かを》り留《とど》めて

天地《あめつち》に　真我《しんが》の我《われ》や　道《みち》に問《と》ふ
ただひたすらに　不退転心《ふたいてんしん》

老いの一徹

陰月《かげつき》に　心留《こころとど》めて　見《み》る人《ひと》の
朧《おぼろ》間《ま》に間《ま》に　走《はし》り突《つ》き込《こ》む

現れたり
隠れたり

行《ゆ》く水《みず》の　重《おも》きに押《お》され　揺《ゆ》れながら
あがきの夢《ゆめ》に　時《とき》もありしか

浮世は生きずらい
前向きに

枯葉《かれは》落《お》ち　薄陽《うすび》に走《はし》る　露草《つゆくさ》の
活《かつ》をひろひて　老《お》いの手力《たぢから》

まだまだ
少し老いたかな

天地《あめつち》の　時《とき》の流《なが》れに　独人立《ひとりた》ち
世《よ》に習《なら》わずも　活々《かつかつ》三昧《ざんまい》

思いひとすじ
機会あり

喜《よろこ》びて　壽《ひさ》しく励《はげ》む　稽古道《けいこどう》
夢《ゆめ》の如《ごと》しか　時《とき》の流《なが》れは（道半《みちなか》ば）

まだ届かない
未だ

1985年に「日本・アフガニスタン友好スポーツ連盟」を設立。難民キャンプのインフラ整備をはじめ、生活物資の配布、スポーツ面でも国際大会にアフガニスタン選手を招聘するなど、さまざまな民間外交を行ってきた。

1994年開催の広島アジア大会にアフガニスタン選手30名と役員たちを招待したときの写真。ビザの発行から渡航まで難しい問題を乗り越えて実現できたこのイベントの成功は、私の人生における誇りである。

残《のこ》されて 風《かぜ》の吹《ふ》くまま 在《あ》るがまま
放浪《さすら》う旅《たび》の 心持《こころ》良《よ》さかな

歳相応の気楽さありか

日子流《ひこりゅう》の 動《うご》きに倣《なら》う 子等《こら》にみる
うれし楽《たの》しや ただひたすらに（極意《ごくい》）

日子流極意
一所懸命
思無邪

パッと咲《さ》き　心《こころ》ゆだねて　風《かぜ》に酔《よ》ひ
桜花《さくらばな》散《ち》る　潔《いさ》ぎ良《よ》きかな

葉《は》ざくらや　来《く》る年《とし》を見《み》る　小《ちい》さき芽《め》
風《かぜ》に揺《ゆ》られて　戸津辺《とつべ》の彼岸《ひがん》

福島県矢祭市のしだれ桜
妻の故郷

不動心《ふどうしん》 思《おも》ひを切《き》りて 独《ひと》り起《た》ち
更《さら》に参《さん》ずる 朝稽古《あさげいこ》かな (立禅《りつぜん》)

直《す》ぐな影《かげ》 浮《う》かべ学《まな》ぶや 切《き》り結《むす》び
直《す》ぐに突《つ》き込《こ》む 直《す》ぐの体《たい》かな

流《なが》れ疾《と》き　人《ひと》の世《よ》に問《と》ふ　明《あ》け烏《がらす》
鳴《な》くや飛《と》ぶやの　思案首《しあんくび》かな

春《はる》を待《ま》ち　親《した》しき友《とも》の　逝《ゆ》きし道《みち》
我《われ》も生《い》くなり　一所懸命《いっしょけんめい》

散《ち》る花《はな》の　堪《た》えて久《ひさ》しき　月明《つきあ》かり
残《のこ》りを数《かぞ》ゆ　思《おも》ひ走《はし》りて

我《われ》が我《われ》　我《われ》を知《し》りたる　我《われ》何処《いずく》
我《われ》を忘《わす》れて　我《われ》を知《し》る也《なり》

令和元年
身の置き所

令和《きみがよ》に 老《お》いの手力《たぢから》 如何《いか》にせむ
弓弦《つる》をはなれて ただひたすらに
在《あ》るがまま 成《な》るがまま見《み》る 行《ゆ》く先《さき》に
為《な》すがまま生《い》く 思《おも》ひ背負《せお》ひて

人《ひと》は皆《みな》 彼地《ひち》逝《ゆ》く己《おのれ》 知《し》らずして
今《いま》極楽《ごくらく》の 夢《ゆめ》に酔《よ》ふ哉《かな》

遥《はる》けくも 海《うみ》の明《あか》り灯《び》 大《おお》きうて
思《おも》ひ重《かさ》ぬる 吾子《あこ》や愛《いと》ほし

TVに見る
若者たちの夜遊び

息子がサーフィンに凝ってい
るそうだ
犬吠岬の燈台を見る

櫻花《さくらばな》 旬《しゅん》のいのちに 重《かさ》ぬれば
吹《ふ》く風《かぜ》を待《ま》つ 夢《ゆめ》の遠《とお》きに

中野
桜並木の花吹雪

葉桜《はざくら》や はや来《く》る年《とし》に 思《おも》ひ遣《や》り
行方《ゆくえ》定《さだ》めぬ 花筏《はないかだ》かな

中野通り
北野神社公園の池

年経《としふ》りて　茜《あかね》の空《そら》に　手《て》を合《あ》はせ
思無邪《しむじゃ》の心《こころ》　唯我独尊《ゆいがどくそん》

日子流を名乗り
武術追及の最後の心境
自由自在　修己　鍛錬
思無邪
やさしく大らかに

あとがき

年月の経つのはじつに早いものであります。

李太白曰く

夫《そ》れ天地は万物《ばんぶつ》の逆旅《げきりょ》にして　光陰は百代《はくたい》の過客《かかく》なり　而《しこう》して浮《う》き世《よ》は夢のごとし
歓《かん》を為すこと幾何《いくばく》ぞ　古人燭《しょく》をとりて夜遊びしは　良《よし》に以有《もってあ》るなり

人として在る人生を考えますとき、最後の大団円である己の「死」を常時胸に思いながら生きた人は過去の歴史においても見ることは稀であります。

私も武士でありたいと武術家として長年研鑽を重ねてきました。１９８２年に初めてアフガン難民に出会い、１９８４年に「此処なら死ねる」、武術家として最後の舞台である「いざ死ぬる場所で如何に死ぬか」を納得し、半年余りをかけて身のまわりを整理しました。

侵略者旧ソ連軍と戦ってアフガニスタンの国、領土を取り返し難民となった人々を救うという「大義」を旗幟に１９８５年２月から戦場に入り、ふたたび生きて日本の土を踏むことはないであろう覚悟をもってイスラム聖戦士ムジャヒディンとなりました。

アフガニスタンで私自身の最期となるであろう人生を記録しておこうと、小学校のとき以来止めていた日記を書き始め、その時々に思ったこと、感じたこと、ふと呟《つぶや》いた心の有り様を脇に書き記した和歌が一千首に垂んとするほどになりました。

本書のタイトル『あるがまま　なすがまま』は森羅万象大自然の流れ、人の世の経世済民の流れにあって「あるがまま」。人として男として日本人として武術家として終活の大団円である「如何に死ぬか」を考えての「なすがまま」なのであります。

待つこと耐えることは男の修行の第一歩。
世のため人のために大義の旗の下に生きよ。
心行合一。己を鍛えて間違わない自分を造り、やってから物を言え。
何より先ず稽古をせい。

子どもの頃から父や伯父たちに鍛えられ、自分が自分でありきる人生を思い切り、死に立ち向かって自然に環る「唯我独尊」の我が儘人生に独りよがりに満足しております。

アフガニスタンでの6年余の戦いの中、多くの友人が戦死しました。イスラムは土葬でありますから穴を掘って埋め、「俺が死んだ、俺が死んだ」と呟きながら土をかけて墓をつくるときの重苦しく哀しい思いは未だに胸が痛くなります。死んだ彼等の思いを生き残った私たちが世に伝え残すことがまた大事のひとつになると思い、友人たちの勧めもあって恥ずかしながら拙《つたな》い歌集をご披露させていただくことになった次第であります。

ご指導いただきました先達、友人、ご支援を賜りました多くの方々に感謝申し上げます。
誠に有難うございました。

合掌

令和３年11月

NGO日本自由アフガニスタン協会　理事長
一般社団法人日本アフガニスタン友好スポーツ連盟　理事長
日子流体術・日子流小太刀　宗師

田中光四郎

追

１９８４年以来、難民救済ボランティアを始め、未だ終わることなく38年間、皆様の大きなご支援で続けられていますこと、感謝申し上げます。

※日本自由アフガニスタン協会と日本アフガニスタン友好スポーツ連盟を通じて、本書の売上の一部はアフガニスタンの難民救済事業に充てさせていただきます。

田中光四郎（たなかこうしろう）

1940年福岡県田川市に生まれる。幼少時から武道に親しみ、柔道・剣道・空手等の武道体験をベースとした独自の体術を編み出す。

1984年、旧ソ連軍のアフガニスタン侵攻に義憤を覚え、イスラム聖戦士ムジャヒディンに単身参加する。延べ6年余りにわたって義勇軍最前線で戦った。

1991年には古賀不二人先生より不二流宗家を継承。また1995年からは日本古来の刀法・棒術・短刀術をルーツとする自らの流派・日子流を立ち上げる。2003年にはバグダッドで人間の楯に参加。

主な著書に「不二流体術」（壮神社）、「アフガンの侍」（福昌堂）、「日子流体術目録技解説」（壮神社）がある。

あるがままなすがまま
アフガンのサムライ

2021年12月1日　第1刷発行

著　者　田中光四郎
発行者　田中健之
発行所　アジア新聞社
〒102－0093
東京都千代田区平河町2－2－1－2階
電話　03－6910－0806
e-mail/asiainfo.jimukyoku@gmail.com

編集　貝田直佑起

印刷・製本　三共グラフィック株式会社

Published by Ajiasinnbunnsya Publishing Co.,Ltd Printed in Japan
ISBN978-4-9911961-1-9　C0092